AF402964

Mise en scène

Rédigée par M. H. Férénoux, Régisseur général du Théâtre des Menus plaisirs
et publiée par les Éditeurs du Ménestrel 2bis rue Vivienne à Paris.

Geneviève de Brabant

Opéra-bouffe en 3 actes et 9 tableaux.

Poème de MM. Hector Crémieux et Étienne Tréfeu,

Musique de Jacques Offenbach (1)

représenté pour la 1ère fois à Paris, sur le théâtre des
Menus-Plaisirs (Direction de M. Gaspari)
le 26 décembre 1867.

Acte 1er.

Premier tableau.

La Scène se passe à Curaçao en Brabant au XIe siècle.
La place principale de la ville.

1 ruelle sombre. — 2 palais de Sifroy à balcon praticable. — 3 portail s'ouvrant
dans la Coulisse vers le lointain. — 4 rue se perdant au lointain jardin. —
5 rue se perdant au lointain cour. — 6 la maison de ville en pan coupé,
avec fenêtre transparente et porte à un seul chassis s'ouvrant dans la
Coulisse au lointain. — 7 perron en escalier de 6 marches, occupant deux
plans du théâtre.

(1) La musique de cet ouvrage se trouve chez M. Heugel et Cie, éditeurs
du Ménestrel 2bis rue Vivienne. 1868

(C.)

Scène I.

Chœurs.

Vanderprout, Christine, chœurs, échevins, bourgeois, peuple.

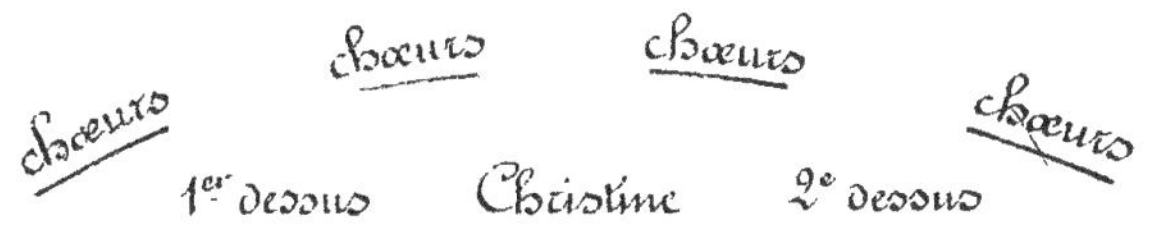

—— Les points indiquent les places que doivent occuper les chœurs. — Après les paroles du Chœur : « pour ne rien voir du tout » Christine sortant du portail 3, prend le milieu du théâtre ; après la phrase : « A qui puis-je donc ici m'adresser ? » et sur la reprise du Chœur, deux 2ᵉˢ dessus, descendant de l'escalier à droite et deux 1ᵉʳˢ dessus venant de la gauche, viennent parler à Christine qui leur a fait signe d'approcher, — mouvement général en avant.

Après le chœur, de 6 entre Vanderprout avec 4 échevins ; tout le monde gagne la gauche. La phrase : « or çà je vais parler, mes chers concitoyens ! » doit être chantée sur le perron, — descendre sur la reprise : « il va parler. »

En scène attaquer : « vos échevins vos édiles (etc), complets.

A ces mots : « Comment pas de bal » Vanderprout remonte vers le

peuple pour-dire : « c'est l'ordre du seigneur Golo » et passe à gauche ;
« Eh bien, ce serai gai » Christine gagne la droite.

chœurs   chœurs

chœurs   Vanderprout   Christine   échevins

échevins

Vanderprout se rapproche de Christine pour lui dire : « dites, terrible Melle
Christine ». En disant : « c'est une simple femme » Vanderprout gagne la
droite ; Christine remonte et passe à gauche à l'entrée de Golo. Sur ces mots.
« voilà le seigneur-Golo » les hommes montent sur les marches de l'hôtel
de ville pour dégager le fond , les hommes à droite, les dames à gauche .
Golo entre 4 par la rue.

Scène II.

Golo.

les basses

1ers et 2es dessous   Christine   les 1ers et 2es ténors   les échevins   Vanderprout

Les cris de « vive Golo » doivent être contenus, ceux de « vive le Bourgmestre »
très-bruyants. Golo dit sa 1e phrase au fond et ne descend en scène que pour
dire : « pourquoi ne crient-ils pas encore vive Golo » — Les chœurs sortent
sur les dernières mesures de « nous n'avons pas donné de bal (etc), »
4 1ers dessus , 2 ténors et 2 basses par la rue 4 et les autres par la rue 5,
Christine entre au palais porte 2 , les échevins remontent au fond.

Scène III.

échevins   Golo   Vanderprout   échevins

Vanderprout descend auprès de Golo qui tient la gauche ; il salue Golo avec
respect (cette scène doit être jouée par les deux artistes avec mystère et dé-
fiance sans tomber dans la charge). — « Je vais au devant du duc mon maître »
Golo remonte la scène vers la droite, Vanderprout arrondit la scène par la

gauche pour l'accompagner et ne lui dit : « seigneur Golo, au revoir » que
près de la coulisse de droite ; les échevins s'inclinent à sa sortie.

Scène IV.

Vanderprout, les échevins, puis Drogan, 4 petits marmitons.

4 1ers dessous , 2 ténors , 2 basses.

Vanderprout redescend la scène à gauche avec les échevins qui se placent 2 à
droite, 2 à gauche.

échevins   Vanderprout   échevins

« J'ai promis une discrétion à celui qui m'apporterait un philtre », entrent
Drogan et son cortège, il se tient au fond.

ténors   basses
dessous
marmitons
Drogan

échevins   Vanderprout   échevins

A ces mots : « pas une idée ! » le cortège descend en scène ; étonnement des échevins et de Vanderprout à la vue du pâté, qui doit être volumineux et porté
par les 4 marmitons enfants, — position pour chanter : salut noble assemblée, &c ».

ténors   basses
marmitons
1ers dessous   Drogan   1ers dessous

échevins   Vanderprout   échevins

« C'est un pâté qui renferme (etc) » tout le monde descend à l'avant-scène dans
le même ordre ; après le rondeau, Drogan gagne un peu à gauche pour démasquer le pâté. « Nous te saluons ! » les échevins et le Bourgmestre s'inclinent.
« Si j'avais l'entamer » il se rapproche de Drogan un peu à droite. — « Tu
seras page de Mme Geneviève, j'en fais mon affaire, » Drogan remonte pour
dire : « Vive Mr le Bourgmestre » ; tous répètent. — Vanderprout passe à gauche
sur les mots : « Allons, Messieurs », le cortège part sur les 1ères mesures de
la marche, les 2 échevins de droite précèdent les pâtissiers qui entrent dans
la maison de ville, en passant devant Drogan, et les échevins de gauche,
arrondissent la scène de gauche à droite pour occuper tout le temps de la
musique, les échevins de gauche ferment la marche, Vanderprout son

le dernier, les 8 choristes ne sortant pas par l'Hôtel de Ville pour faciliter la sortie, ils quittent les pâtissiers au bas du perron, puis sortent deux par deux par la rue 5. — position pendant le défilé.

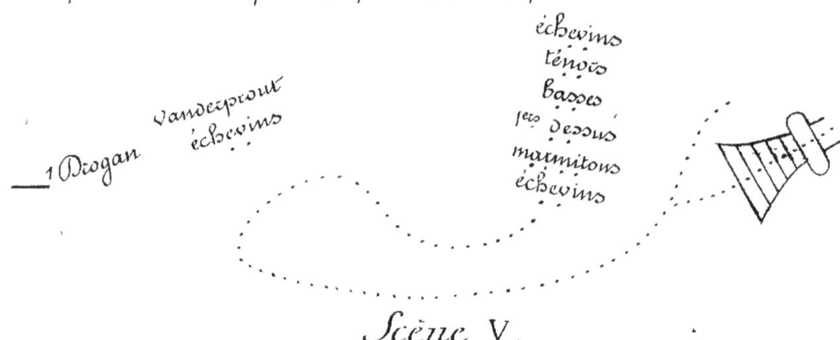

Scène V.

Drogan puis Geneviève sur le balcon.
Sérénade.

Drogan accompagne le bourgmestre, puis il redescend pour son monologue; il remonte sur la ritournelle des couplets, le 1er couplet se chante au milieu du théâtre en regardant le balcon; il se cache sous le balcon, sur les mots: « elle, c'est elle ! » la reprise ensemble de « ohé, de la fenêtre, ohé ! » Drogan tourne la ruelle 1 pour chanter face au public. — Après ces mots : « la curaçoienne ! c'est le duc ! » le peuple accourt de gauche à droite, Drogan se mêle à la foule et sort à gauche. — « Volons à sa rencontre » Geneviève disparaît de la fenêtre; on entend éclater des cris, le peuple envahit le théâtre, marche d'hommes d'armes, 2 hallebardiers font ranger tout le monde à gauche sur une ligne, pour l'entrée de Sifroy qui entre de 5 suivi de son cortège, 4 hommes d'armes, 4 hallebardiers, 2 porteurs d'étendards (etc).

Scène VI.

bannières - hommes d'armes - bannières

« Mais si on me donnait des épinards tous les jours » Geneviève entre de 3 suivie de Christine et de 2 dames d'honneur — « Narcisse, Narcisse ! » Narcisse entre de 5 en sautillant, traverse le théâtre derrière Sifroy et Geneviève pour prendre sa place à l'extrême gauche — « Me voici Paladin ; vous me cherchez à gauche et je suis par ici » — A ces mots : « tu es franchement bête » Sifroy se rapproche de Golo, Vanderprout remonte vers le peuple pour dire : « Criez donc vive Sifroy » puis il prend le numéro 4 pour dire : « haut et puissant margrave ! »

Christine

Narcisse   Geneviève   Vanderprout   Sifroy   Golo   échevins

A ces mots : « Golo, ma toque me gêne, garde-la moi » Sifroy la lui met sur la tête ; joie immense de Golo qui descend pour dire à l'avant-scène : « Oh ! mon rêve ... mon rêve ! » — Vanderprout remonte près de l'hôtel de ville où se tiennent 2 bourgeoises qui viennent d'entrer par la rue 5, portant une layette dans une corbeille, surmontée d'un bourrelet garni de satin bleu, il redescend à la gauche de Sifroy pour dire : « Personne ». — Sur les mots : « comme l'expression de nos vœux les plus chers » Golo remonte derrière Sifroy et Vanderprout pour prendre le 4 un peu au dessus de Geneviève et de Sifroy. — « Serrez cela dans votre commode » Sifroy prend la corbeille que lui présente Vanderprout, la donne à Geneviève qui la remet à ses dames d'honneur. — Pendant toute cette scène Golo est continuellement occupé de Geneviève qui ne le regarde pas. — Après ces mots : « Oui, chère amie, je me ménagerai, soyez tranquille » Sifroy reconduit Geneviève dans le palais, où elle entre avec ses filles d'honneur.

Sifroy à Vanderprout et aux échevins : « A cheval, Mrs, à cheval » Vanderprout « Oui, Mrs, à cheval, non, non, vive Sifroy (tradition) — le peuple « Vive Sifroy » le duc entre à l'hôtel de ville, les 4 hommes d'armes se placent à droite sur les marches pour empêcher le peuple de monter, les hommes d'armes arrondissent la scène par la gauche et repousse le monde. — Sortie de droite et de gauche sur les cris de : « Noël ! Largesse ! » les hommes d'armes entrent à l'hôtel de ville, — « Narcisse, es-tu là ? »

Scène VII.

Narcisse

Golo

air

Pour l'ensemble Narcisse et Golo descendent tout à l'extrême droite et gauche.

Narcisse.   Golo

Sur les mots du dialogue : « Oui, tu l'as dit, Narcisse » Golo gagne la gauche, Narcisse se rapproche un peu.

Narcisse   Golo.

Après ces mots « un éblouissement » cris. « quels sont ces cris ? » Golo remonte près des marches de l'hôtel de ville. — « Il me ferait une bêtise », il monte l'escalier et manque d'être renversé par Vanderprout qui sort bruyamment ; ils prennent le milieu pour dire : « Victoire ! »

Scène VIII.

Narcisse   Vanderprout   Drogan

Golo

« Drogan, Drogan ! » Drogan entre de gauche 4. — « Vraiment » Drogan remonte pour appeler du geste le peuple qui entre gauche 4 et droite 5, il redescend à l'avant-scène droite pour dire en aparté : « laissons croire que c'est ma science ». —

Scène IX.

Final du 1ᵉʳ tableau.

Siftoy arrive plein de feu, imitant le chant et la marche du coq, les échevins et hommes d'armes garnissent les marches, tout le monde dans une grande agitation pendant les couplets de Siftoy.

2ᵉˢ ténors   1ᵉʳˢ dessous   2ᵉˢ dessous   hallebardiers

1ᵉʳˢ ténors   Vanderprout

Échevins   Siftoy   Golo   Narcisse   Drogan

Après le 2ᵉ couplet de Siftoy, il reprend sa toque sur la tête de Golo qui est atterré ; le rideau baisse sur les cris de « Vive Siftoy » grande agitation.

Fin du 1ᵉʳ tableau.

Deuxième tableau.
Le Boudoir de Geneviève.

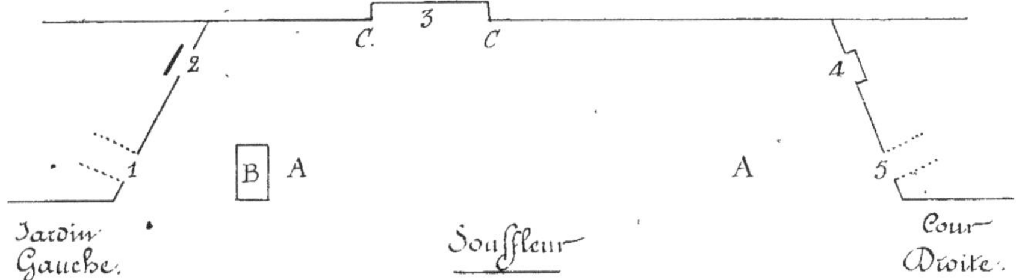

1. porte de la chambre de Geneviève, un chassis s'ouvrant dans la coulisse. — 2. armoire à glace avec chassis peints et praticables ouvrant sur le théâtre, gonds au lointain. — 3. fenêtre à balcon praticable, 2 chassis s'ouvrant dans la coulisse. — 4. fenêtre à hauteur d'appuis praticable, un chassis s'ouvrant dans la coulisse, gonds au lointain. — 5. porte de sortie, un chassis s'ouvrant dans la coulisse, gonds au lointain. — A. chaise. — B. table à ouvrage. — C. tabouret.

Scène 1.

Gudule   Gretchen
[B] Christine   Houblonne
Dorothée   Faroline

Au lever du rideau, les demoiselles d'honneur sont groupées debout travaillant à un peignoir. Christine occupe le siège A près de la table B. — Après le chœur « J'ai fini, moi aussi », on frappe à la porte 5. — « Tu nous fais une peur... entrez » Drogan passe la tête à travers la porte pour dire : « Mme Geneviève, s. v. p. » Christine le prend par la main pour le faire entrer ; les Mlles d'honneur l'entourent, Drogan gagne la gauche, Dorothée porte la table au fond entre l'armoire et la fenêtre 5.

Scène II.

Gudule   Dorothée   Faroline
Christine   Drogan   Gretchen

Après ces mots : « Ah ! parce que je suis pâtissier » Drogan prend le milieu.

Dorothée   Faroline
Christine   Drogan   Gretchen
Gudule   Houblonne

Toutes en remontant vers la droite « Brigitte ! Brigitte ! Brigitte entre de 5

Scène III.

Dorothée   Gudule   Faroline   Brigitte
            Drogan   Christine   Gretchen
                                                       Houblonne

« Oui, Oui, habillons-le » elles le font remonter au fond près de la fenêtre où on a placé
la table ; elles l'entourent pour lui mettre son costume de page.

Ronde (couplets de la toilette).

Gretchen   Houblonne
Gudule   Drogan   Dorothée
    Faroline
            Christine

                    Brigitte

« le poing sur la hanche à présent » Drogan redescend en scène

        Christine   les demoiselles d'honneur

    Brigitte   Drogan

pour dire : « tant pis pour vous ! tant pis ! » Drogan gagne la droite, les Mlles
reculent sur la ritournelle du 1er couplet, il cherche à les embrasser, elles remontent
toutes et redescendent à gauche derrière Christine et Brigitte — Même jeu de
scène après le 2e couplet. Brigitte qui se trouve près de la porte 1 avec Drogan
dit avec effroi : « Mme Geneviève ». Drogan se réfugie à droite près des Mlles
d'honneur, Brigitte prend le peignoir sur la table, le donne aux demoiselles qui
cachent Drogan dessous, elles l'ont fait asseoir sur la chaise A de droite,
Christine cache le paquet de Drogan sur le balcon.

Scène IV.

« Oui, cachons-le » Geneviève entre de 1, elle s'asseoit sur la chaise A de gauche.
    Geneviève   Christine
                                                        Drogan
                            Brigitte   dames d'honneur

Sur les mots « ma chère maîtresse » Brigitte s'approche de Geneviève. — « tout
m'inquiète », Geneviève se lève et prend le milieu. — « Regardez et admirez »,
Geneviève approche du peignoir où elle aperçoit Drogan. — « Que vois-je ?
un jeune homme ! » elle recule épouvantée à l'extrême gauche. — « Ah ! c'est
un enfant ». Geneviève se rapproche un peu de Drogan, Brigitte l'a pris
par la main pour le faire approcher. — « C'est égal, il est bien gentil », les
dames d'honneur sortent à reculons, poussées par Brigitte. — Sur la reprise

« Beau Chérubin, regardez-nous » qui se termine dans la coulisse, les derniers envoient des baisers à Drogan, Geneviève remonte près de Brigitte en passant derrière Drogan.

Scène V.

Drogan

Brigitte   Geneviève

Geneviève passe sur les mots : « il va pleurer »

Drogan   Geneviève   Brigitte

« Ah ! Madame… ah ! madame… » Brigitte prend la bourse des mains de Geneviève, puis la porte dans la corbeille sur la table du fond, puis elle descend prendre le N° 1, à la droite de Drogan.

Trio.

Brigitte Drogan Geneviève.

« quel trouble l'agite ! » Drogan tombe sur la chaise A de gauche — « Des sels anglais ! » Brigitte passe derrière Drogan, elle lui prend la main gauche. — « Mais voyez donc là » Geneviève s'approche lentement de Drogan, Brigitte lui donne la main de Drogan, tourne derrière la chaise, et reprend le N° 1 pour attaquer le trio.

Brigitte Drogan Geneviève

Sur la phrase « le voilà souriant » Geneviève abandonne Drogan, puis remonte un peu au dessus de la chaise pour dire : « Je ne veux plus qu'il reste ici ». Drogan se lève. — « Mais partez donc ! », Drogan gagne un peu à droite poussé légèrement par Brigitte, Drogan dit sa phrase : « Mais vous voyez, je suis cloué sur place » près de la chaise A de droite. — « Je suis mort », il tombe brusquement sur la chaise. — « Ciel ! il se trouve mal encore », Geneviève s'approche de Drogan, Brigitte se tient au dessus de la chaise, penchée sur Drogan. — « Voyez ce duvet soyeux », Brigitte touche du revers de la main gauche la joue droite de Drogan, puis de la main droite, elle oblige Geneviève à faire comme elle, puis elle passe à la gauche de Drogan pour chanter la reprise de l'ensemble du trio, Geneviève du revers de la main gauche touche la joue droite de Drogan sur le motif de « la barbe lui pousse. »

Geneviève   Brigitte
Drogan

Sur la reprise de « il ne sent rien », Geneviève gagne un peu à gauche, en descendant, Brigitte passe 2, Drogan se lève mais reste un peu au dessus de Brigitte.

Geneviève   Brigitte   Drogan

« et il se trouvait très-bien » Brigitte remonte près de la fenêtre du fond. — Sur les mots « laissez-moi vous regarder », Drogan gagne la gauche et se met aux genoux de Geneviève.

Geneviève   Brigitte
          Drogan

« Mais, Brigitte, fais le donc taire ! » Geneviève passe à droite devant Drogan, qui se lève et la suit en disant : « madame ! » Brigitte de la fenêtre : « Ciel ! Monsieur ! » elle descend près de Drogan, qu'elle entraîne à gauche.

Scène VI.

Les personnages arrivent tous par le balcon que Vanderprout a peine à enjamber.

Drogan
Brigitte   Vanderprout   Golo
                              Sifroy   Geneviève.

Sur les mots « Messire ! » Vanderprout descend en scène. — « O bonheur ! ça va bien », il remonte derrière Golo et passe à droite au-dessus de la chaise A pour dire : « Prince ! » Golo descend auprès de Sifroy et ne remonte que pour dire : « ça va mal ». — « Allons ! venez, Golo », Vanderprout sort par la porte 4, accompagné de Golo qui fait une fausse sortie et redescend au milieu. — Sur les mots « vous y tenez beaucoup à ce portefeuille », Sifroy le prend des mains de Golo et remonte près de la fenêtre 3. — Golo le suivant « Si j'y tiens ?.... ». — « Gare là dessous ! », Sifroy lance le portefeuille par la fenêtre, puis il redescend près de Geneviève, qui est restée près de la chaise A de la droite. — Golo penché sur la fenêtre, « voulez-vous lâcher ça, intrigant » ; il saute par la fenêtre, Geneviève passe à gauche sur le cri : « Ah ! »

« De ce balcon, je veillerai sur elle » Drogan sort par le balcon du fond, puis il referme la fenêtre ; Brigitte sort par la chambre 1.

Scène VII.

En disant : « tiens, sens les battements de mon cœur ! », Sifroy prend la main gauche de Geneviève et l'appuie fortement sur sa poitrine.

Scène VIII.

Sifroy   Geneviève   Golo

Sur les mots « votre haut et puissant suzerain !, Sifroy passe 2.

Geneviève   Sifroy   Golo

Sur les mots « *Que nous nous reposions* » Sifroy pousse Golo pour le faire sortir, puis il redescend sur la chaise A de droite pour dire : « *Je digère mal* ». Golo revient au milieu pour dire : « *Votre seigneurie a oublié de me donner des draps pour le lit...* »

Geneviève   Golo   Sifroy

en disant : « *La clef, mon ami* », Geneviève passe devant Golo, Sifroy lui remet la clef, elle remonte à l'armoire 2 à gauche.

Geneviève   Golo   Sifroy

« *Deux bougies. - Allez !* » Geneviève redescend près de la chaise A de gauche. - « *Vous n'en allumerez qu'une, allez ! Au fait, non ! n'en allumez pas, il fait clair de lune* » (tradition), il se lève et s'approche de Geneviève en disant : « *nous disions donc ?* ». — « *Ah ! ma Geneviève,* » il la prend par la taille et la fait descendre en scène pour attaquer le 1er couplet.

Geneviève   Sifroy

Sur la phrase « *Ah ! ça va mal !* » Sifroy quitte Geneviève et gagne la droite, pour l'ensemble ; les deux personnages sont placés à l'extrême gauche et droite, Geneviève gagne le milieu pour dire : « *Qu'avez-vous, Monseigneur, remettez-vous !* ». Sifroy revient avec passion près de Geneviève pour dire le 2e couplet.

Geneviève   Sifroy

Il passe à gauche pour dire pour la 2e fois : « *ça va mal* ». — Pour le 2e ensemble Geneviève reste au milieu.

Sifroy   Geneviève.

Elle se rapproche de Sifroy pour lui dire : « *Vous êtes pâle comme un linge* ». — Sur les mots « *mon manteau !* ». Geneviève remonte le prendre sur le siège C près du balcon, où Sifroy l'a déposé en entrant, elle redescend et le lui pose sur les épaules. — Sur les mots « *mon ami, mon ami !...* » Sifroy gagne la droite au dessus de la chaise A, Geneviève remonte pour lui rajuster le manteau, qui reste dans ses mains ainsi que la toque, qu'elle pose sur la chaise A de droite ; elle descend en scène lentement, traînant le manteau de la main gauche, passe devant la chaise A, dépose la toque de Sifroy continue et gagne le milieu pour dire sur la musique de l'orchestre : « *Mon Dieu, etc* ».

Scène X.

Drogan entr'ouvre la fenêtre du balcon, Geneviève laisse tomber le manteau sur les mots « *ça ne finira donc jamais à la fin !* » elle gagne la gauche, se retourne avant d'entrer dans sa chambre pour dire : « Pas de chance ! pas de chance ! » elle sort. On entend fermer sa porte. — Drogan descend en scène, le jour baisse un peu à la rampe.

« Si j'osais ? » il se couvre du manteau et de la toque. — « Dois je sauver le Brabant ? au petit bonheur ! » il court frapper à la porte de Geneviève.

Golo apparaît à la fenêtre de droite.

Troisième tableau.

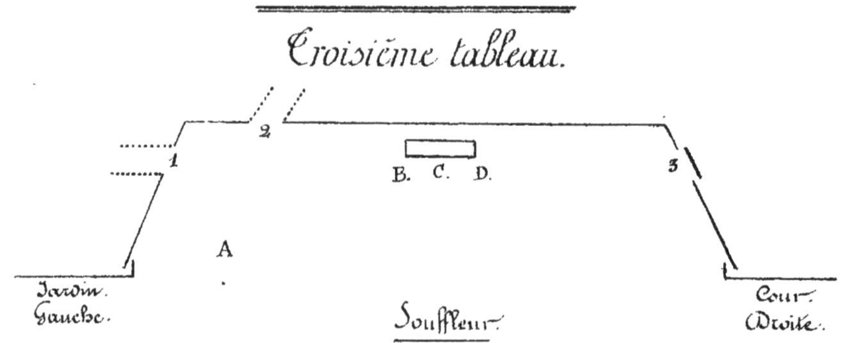

1. porte de service s'ouvrant dans la coulisse, gonds au lointain, un seul chassis. — 2. porte à un chassis, s'ouvrant vers le lointain, sur un vestibule. — 3. fenêtre s'ouvrant dans la coulisse, gonds au lointain. — A. escabeau. — B. chaise. — C. lit peint sur le fond avec tablette fixée sur chassis à tablier de développement ; ce lit doit se replier sur le fond pour le changement avec un fil de rappel et partir avec la toile du fond. — D. une table de nuit garnie d'un pot à eau, d'une théière et d'une tasse à thé. — A la face, côté du jardin, un cordon de sonnette et un cor de chasse accroché au lit. — Au lever du rideau, Sifroy se retourne dans son lit et se verse du thé, par deux fois ; pendant ce jeu de scène l'orchestre doit prolonger la tenue de l'introduction. — Attaquer le 1er couplet assis sur le lit, face au public.

Couplet.

« Et du thé bien chaud ça passera », il se blottit sous la couverture, on frappe à la porte N° 1. Golo entre suivi de Narcisse pour dire : « Seigneur ! seigneur ! »

Scène II.

Narcisse   Sifroy

Golo

« Ma femme ? quoi ? » il se lève du lit, descend en scène sur les mots « vous ne le regretterez pas », Narcisse traverse le théâtre derrière Golo et Sifroy, prend la droite pour dire : « nous sommes tous soumis, grands et petits. »

Golo   Siſroy   Narcisse

Sur la phrase « à la porte des princes, ne les en défère pas ! » Siſroy passe à gauche, s'assied sur l'escabot A pour mettre son haut de chausse. — Golo auprès de Siſroy, un peu au dessous.

Golo
Siſroy   Narcisse

« Allons donc, il faut la remettre à l'endroit », il passe au milieu et se rajuste, soutenu et aidé par Golo et Narcisse. — « Un suicide, jamais ! » il descend un peu à droite ; Narcisse remonte au fond à gauche.

Narcisse

Golo

Siſroy

« Je vais me coucher, bonsoir ! » il remonte au lit, Golo remonte en même temps à gauche, se trouve à la droite de Narcisse pour lui dire : « la porte cochère », il sort par la porte 1 à gauche.

Scène III.
Siſroy

Narcisse

Sur les mots « aux portes du palais », un silence. — Siſroy descend auprès de Narcisse pour dire sur le même ton que lui : « Si c'était ce galopin », il remonte à la fenêtre 3 de droite ; sur le mot « quelle audace ! » Narcisse remonte à droite pour donner le pot à eau à Siſroy.

Narcisse

Siſroy

Sur la réplique « Sonne mes gens…. » Narcisse traverse le théâtre pour sonner avec le cordon qui est à gauche ; sur les mots « Je l'entends qui monte l'escalier », Siſroy se rapproche de son lit, pour mettre son pourpoint, Narcisse l'aide à s'ajuster.

Scène IV.

Deux valets
Siſroy
Narcisse
Martel

Couplet.

Charles-Martel entre violemment de la porte 2, traverse le théâtre

de gauche à droite et de droite à gauche sur la ritournelle des couplets, il chante
le 1er à gauche et le 2e à droite — Position pendant les couplets.

                    Valets
                        Narcisse
                                        Siffroy
                                                        Martel

Martel passe 2 pour dire : « Sang et torture ! &c »
                    Valets
                                Martel
Narcisse   Siffroy

Martel remonte à la fenêtre 3 suivi de Siffroy et de Narcisse qui suivent tous ses
mouvements
                    Valets

                                        Narcisse Siffroy Martel

Sur les mots « est ce qu'en entrant ici… » jeu de scène entre Martel et Siffroy, qui en
suivant tous ses mouvements, se rencontre avec le marteau, il pousse un cri de
douleur chaque fois que Martel le frappe par mégarde. — Sur les mots « qu'est
ce que vous feriez ? » Siffroy redescend au milieu.
                            Narcisse
                                                        Martel
                                Siffroy

Sur la réplique « Oh ! il y est » Martel descend au 2 près de Siffroy, Narcisse
passe à droite derrière Siffroy et Martel.
                                Siffroy   Martel

                                                                Narcisse

Sur les mots « Je commande ici » Martel passe 1 à gauche toujours en fureur
et frappant de son marteau les meubles qu'il rencontre sur son passage.
                            Martel
                                        Siffroy
                                                            Narcisse

« Oh ! qu'il m'ennuie !… » Martel marche le marteau tendu vers Narcisse, celui-ci
recule près du manteau d'arlequin. « Voulez-vous bien me réveiller tout ce monde »
il frappe le parquet de son marteau. — Siffroy dit « Oh ! mon Dieu ! et le locataire qui
est en dessous, ce pauvre Mr Benoit, il va me faire donner congé, quel homme ! »
(tradition) — « réveillez-vous donc », il prend le cor de chasse en sonne pendant que
Narcisse appelle par la fenêtre. Martel arpente le théâtre frappant toujours le
parquet, jusqu'à l'entrée de tous. — Golo, Vanderproun, les échevins et les chevaliers
arrivent par la porte 2 du fond. Tous se placent sur une ligne de façon à mas-

le lin, les valets enlèvent les sièges et la table de main ainsi que les coussins du lin qui se replie sur lui-même.

À l'entrée de tout le monde, Martel remonte à droite, Siffroy passe à gauche, près de Golo.

Scène V.

Valets   Hommes d'armes   Hallebardiers

Vanderprout   Martel

échevins   Golo   Siffroy

                  Narcisse

Sur la réplique « Au chemin de fer du Nord ! » sur la ritournelle, accourent Geneviève et les dames d'honneur, les bourgeoises et femmes du peuple.

Scène VI.

dames d'honneur   ténors   1ᵉʳˢ dessus   basses

échevins   2ᵉˢ dessus 2ᵉˢ ténors

Christine Vanderprout Golo   Siffroy   Martel

Brigitte Geneviève

                           Narcisse

Sur la phrase « Je vous répudie. ah ! » tout le monde se courbe, les bras en avant pour les gestes du chœur muet ; le chef d'orchestre doit battre la mesure pour l'ensemble, — les bras en avant doivent monter sur les temps frappés ; — les bras droits doivent être tendus vers la gauche jardin, sur le 1ᵉʳ forte, pendant que les bras gauches se replient sur la poitrine de manière à former une seule ligne ; — pour la reprise (2ᵉ fois), les bras gauches, tendus à droite cour, même jeu de scène, — sur les chuts, tous les bras en l'air, les faire retomber sur « Juste ciel ! » Martel remonte pour dire : « Allons ! partons ! preux chevaliers ! » Golo et Vanderprout passent derrière Siffroy en gagnent la droite.

Hommes d'armes

échevins bourgeoises   Hommes d'armes

                      Martel

dames d'honneur

Christine

Brigitte   Geneviève   Siffroy   Golo

                           Narcisse

                        Vanderprout

Sur le motif « Le joli refrain que voilà ! » Brigitte et Christine passent à la gauche de Siffroy, les autres dames d'honneur l'entourent pour dire : « Une poule sur un mur. »

Temple

échevins   dames d'honneur Martel   Hommes d'armes

Geneviève   Christine

Siroy Brigitte   Golo Narcisse

Vanderprout

Siroy remonte pour dire : « Gardes, qu'on l'entraine hors d'ici ! » 2 gardes emmènent Geneviève par la porte 1 gauche, Martel redescend pour attaquer : « Et nous allons partons ! » Le changement doit se faire sur le siffler de l'orchestre. Tout le monde remonte.

Quatrième tableau.
La gare du Nord.

La locomotive est en scène au fond, la fanfare monte sur les wagons, gardes et porte-bannières entrent en scène et se rangent à droite et à gauche. Fond.

Sur les 1ères mesures de la marche « le clairon qui sonne », tout le monde descend ensemble devant la rampe, et, sur la reprise du même motif tout le monde remonte, les dames à gauche, les hommes à droite, Martel au milieu.

Bourgeoises.   Hommes d'armes   échevins

dames d'honn.   Hommes d'armes.

Christine   Martel

                      Vanderprout

Brigitte   Golo

                      Narcisse

                      Siroy

Sur la phrase de Martel « Embrassons-nous ! », les dames d'honneur traversent le théâtre et prennent les mains des chevaliers, les bourgeoises remontent toutes aux hommes d'armes qui sont au fond, et pour attaquer le chœur de « Charles-Martel ! » les dames d'honneur tombent à genoux à droite sur deux lignes, les bourgeoises à genoux à gauche sur deux lignes ; pendant ce temps, Siroy, Golo, Vanderprout, Narcisse, remontent le théâtre et vont se mettre à la tête des hommes d'armes, pour la reprise de la marche : « le clairon qui sonne. »

Porte-étendards   Siroy Golo Narcisse Vanderprout échevins

                                        1ers ténors

                                        hommes d'armes

                                        basses

                                        valets

Bourgeoises   Bourgeoises   Martel et dames et dames 2es ténors
2es dessus   1ers dessus   Brigite Christine

La ligne pointée indique la marche du cortège, tous les hommes courent comme s'ils étaient à cheval ; pressez un peu le pas pour arriver à temps pour le dernier motif qui se dit bien à l'avant-scène ; position après la marche, pour attaquer le dernier « partons ! pour la Palestine ! »

Porte-étendards

échevins

Valets

Bourgeoises

Siffroy Martel Golo Brigitte Christine Narcisse Vanderprout

Dames d'honneur échevins

Après la reprise des dernières mesures du chœur, tout le monde remonte lentement sur la reprise de l'orchestre.

Valets 2es ténors
échevins

Martel

Hommes d'armes
Ténors et basses

Bourgeoises
1res dessus

Vanderprout

Golo

Siffroy Narcisse

Dames d'honneur
2es dessus

Brigitte Christine

Acte 2e.

Cinquième tableau.

Le Ravin.

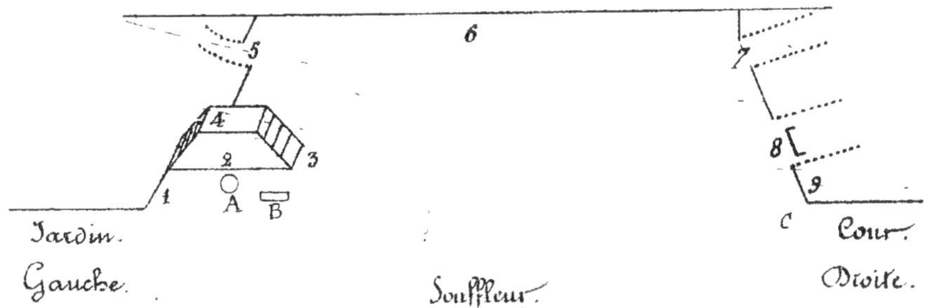

1. chassis de rocher, se perdant dans la coulisse 1er plan. — 2. chassis du ravin, avançant sur le théâtre de deux mètres. — 3. marches cachées par le chassis 2 incliné un peu au fermant. — 4. plancher se perdant dans la coulisse inclinée vers la face jardin. — 5. coulisse de rocher. — 6. fond découpé en rond pour l'apparition de Siffroy avec une gaze bleue transparente. — 7. coulisses de forêt. — 8. chassis

de butte. — 9. coulisse de rocher. — A. tronc d'arbre praticable du dessous, d'où on arrive par une trappe, le côté jardin est fermé par un chassis s'ouvrant à la face. — B. grosse pédale. — C. morceau de pierre près de la butte. Au lever du rideau, la scène est vide, on entend gronder l'orage, nuit, les éclairs brillent.

Scène I.
Ensemble.

Les personnages n'entrent en scène que pour attaquer l'ensemble; ils viennent de la coulisse 7. Au 1er motif de l'ensemble, le tonnerre cesse dans la coulisse, il ne se continue qu'à l'orchestre, le jour vient graduellement.

Drogan   Geneviève   Brigitte

Après l'ensemble Geneviève passe à droite, s'assied sur la pierre C. Brigitte remonte à droite.

Brigitte

C. Geneviève

Drogan

« Alerte! Les hommes d'armes! » Brigitte descend à droite, Geneviève se lève aidée par Drogan en travers le théâtre vers le ravin 5. de gauche.

Drogan   Geneviève

Brigitte

Sur les mots « Non, jamais! jamais! » Brigitte remonte à droite et redescend aussitôt pour dire : « trop tard!! les voici! ». Elle entraîne Geneviève dans la butte 8. Drogan disparaît dans le ravin en disant : « nous sommes perdus!». La scène doit être vide à l'entrée des gendarmes qui arrivent du fond à droite, sur la marche de l'orchestre. Ils attaquent le duo sur l'avant-scène en face du souffleur, la carabine en sous-officier.

Scène II.
Pitou   Grabuge

Sur la ritournelle Pitou par le flanc droite et Grabuge par le flanc gauche, se séparent et vont s'appuyer contre le manteau d'Arlequin

Pitou   Grabuge

« Formez les faisceaux! » Grabuge traverse le théâtre pour remettre sa carabine à Pitou qui les pose sur le tronc d'arbre, puis il gagne le ravin en coupe une baguette en chantonnant

      Pitou

               Grabuge

« C'est plus fort que moi », Pitou descend à l'avant-scène de gauche. Grabuge gagne un peu à droite pour dire son *aparté*

      Pitou   Grabuge

« Avance à l'ordre... » Pitou se rapproche de Grabuge qui reste à droite.

              Pitou   Grabuge

« C'est une faible créature... » Pitou gagne le milieu. — « Rompez les faisceaux », Grabuge remonte au dessous du tronc d'arbre, Pitou reste à la face jardin.

      Grabuge

   Pitou

Scène III.

     Grabuge   Vanderprout

   Pitou

       Golo

« C'est un accident », Vanderprout passe à droite, Golo gagne le milieu du théâtre, Grabuge descend un peu à gauche près de Pitou.

   Pitou   Grabuge

            Golo   Vanderprout

« mes dernières instructions, allez ! » Pitou part en tournant sur le flanc droit et sort à gauche fond, suivi de Grabuge, les dernières phrases se disent dans la coulisse, les voix perdues.

Scène IV.

     Golo   Vanderprout

« regarde et écoute », il monte au dessous du tronc C , tourne une crécelle en appuyant sur la pédale, l'ermite apparaît sur la ritournelle de l'orchestre, bruit de pratiques comme polichinelle pour l'apparition, et lorsqu'il redescend dans la trappe.

Scène V.

   l'Ermite

     Golo   Vanderprout

« Et bien, regarde ! » le fond s'ouvre, on voit la salle du festin.

Sixième tableau.

Salle de festin, table richement servie, lustres resplendissant de lumières, seigneurs et femmes richement vêtues, tableau très-vivant, Sifroy occupe le milieu de la salle.

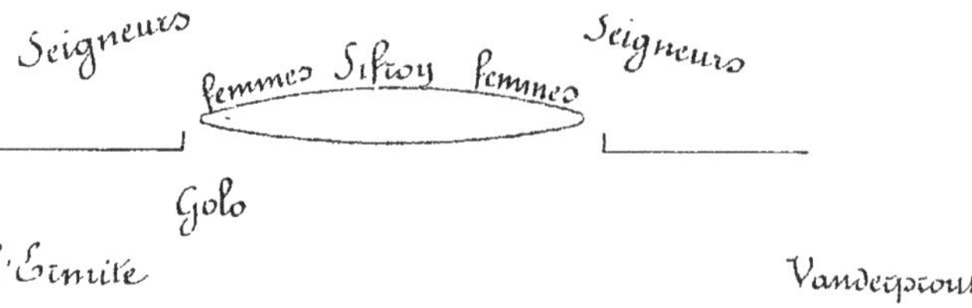

Scène VI.

Golo   Vanderprout

« Je ne puis plus douter, elle est dans ce bois », on entend Geneviève éternuer. — « Fouillons-là, cette hutte », Golo entre dans la hutte. Geneviève et Brigitte sortent et viennent se réfugier à gauche, près du tronc d'arbre.

Scène VII.

Brigitte
Geneviève

Golo   Vanderprout

« comme çà .... bien ! », Vanderprout remonte à gauche.

Vanderprout

Brigitte
Geneviève   Golo

« Suivez-moi », Brigitte monte le plateau du ravin pour dire : « Ah ! je la sauverai ! » ... — « Mon Dieu ! protégez-moi ! » elle s'élance dans le gouffre. — « J'ai deux pieds dans le crime », Vanderprout sort éperdu par la gauche fond.

Scène VIII.

Geneviève   Golo

Quand Vanderprout a disparu, Golo marche sur Geneviève qui passe devant lui et gagne la droite.

Golo   Geneviève

« Décide-toi .... une fois ! », il veut la prendre dans ses bras, elle passe à droite sur le « non ». — « Ah ! malheureuse ! » il lève la main, Geneviève tombe à genoux.

Geneviève   Golo

« Il est rare que ça les décide avant », Geneviève se lève pour dire : « Ah ! tu n'oses pas ! » — En disant : « messire, tu es un infâme et un lâche ! » de la main gauche elle prend la main droite de Golo pour le retenir, puis elle frappe de la main droite : le souffleur doit frapper un soufflet en plaquette.

Scène IX.

Sur les soufflets arrivent de gauche fond Vanderprout, Grabuge, Pitou, ces derniers l'arme en sous-officier.

Pitou   Grabuge   Vanderprout
Geneviève   Golo

Sur les mots « et qui vient de manquer à un fonctionnaire », Geneviève s'élance sur Golo qui recule en continuant à parler, Pitou et Grabuge arrêtent Geneviève par les mains.

Pitou   Geneviève   Grabuge   Vanderprout
                                         Golo

En disant : « Laissons passer la justice du duc », Golo remonte à la gauche de Vanderprout pour lui dire : « Et à nous deux le Brabant, il n'est que temps ! filons ! » tournant sur sa gauche, il remonte à droite fond et sort en courant, suivi de Vanderprout qui tourne sur sa droite pour dire : « Pauvre Mme Geneviève ! »

Scène X. — Trio.

Pitou   Geneviève   Grabuge

Pour attaquer le trio, les 2 hommes d'armes s'éloignent un peu de Geneviève. — Sur le motif « maman, maman, » dit par Geneviève, Grabuge passe à gauche.

Pitou   Geneviève
        Grabuge

Après le 1er ensemble « sa maman », les deux hommes d'armes se prennent et tournent comme des ton-tons pour gagner la droite, Geneviève remonte près du ravin où paraît Brigitte.

Brigitte
Geneviève
                              Pitou   Grabuge

Après le 2e ensemble Quel ermite ? », les gendarmes brandissant leurs sabres, Geneviève tombe à genoux sur la pédale, Drogan paraît par le tronc d'arbre, les gendarmes reculent épouvantés.

Drogan   Brigitte

.Geneviève.

Pitou   Grabuge

Sur la réplique « l'ermite ! » Drogan dit : « Approchez, à genoux ! et tremblez, méchants ! » Pitou et Grabuge viennent se mettre à genoux devant Drogan.

Drogan   Brigitte
Pitou   Grabuge   Geneviève

« Ôtez-vous de mes yeux ! » Les hommes se relèvent et gagnent la droite, épouvantés. — « C'est lui, c'est Drogan », Geneviève passe à la gauche de Drogan au N° 1 ; sur les mots « Oui, le tribunal de la Providence » les hommes d'armes descendent à l'avant-scène, — Drogan profite de ce moment pour faire passer Geneviève et Brigitte dans la hutte.

Pitou   Grabuge

Sur la phrase « nous formerons un faisceau », les hommes d'armes s'embrassent mettant chacun la pointe de leurs sabres sous le bras. — En disant « Que notre sang retombe sur Golo ! » ils enfoncent leurs sabres, tournent sur eux-mêmes et vont tomber à gauche, Grabuge la tête à la cour, Pitou la tête au jardin. — Drogan sort de la hutte avec Geneviève et Brigitte.

Brigitte
Drogan   Geneviève

Pitou   Grabuge

Sur les 1ers mots « la première venue suffira », Drogan coupe une mèche de cheveux à Grabuge, — et sort avec les deux femmes par le fond droite. Grabuge se lève, frappe sur la jambe droite de Pitou, qui se relève aussi, lui rend le coup. — La reprise du motif « Oh ! qu'il est beau d'être... etc. » se chante les personnages assis un peu face au public ; ils s'embrassent pour finir.

Fin du 6ème Tableau.

Septième tableau.

Le Château d'Asnières chez Charles-Martel.

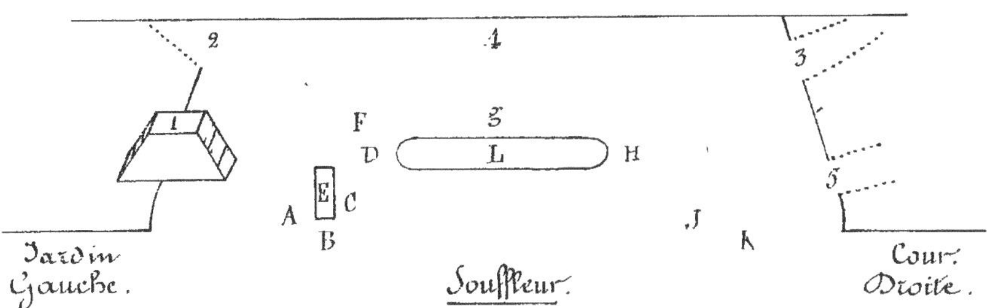

1. praticable pour la fanfare, on y arrive par 3 marches dans la coulisse et au théâtre. — 2. galerie se perdant au lointain jardin. — 3. galerie se perdant au lointain cour. — 4. fond de palais. — 5. coulisse praticable. — A. banc à tête de cheval. — B. tabouret. — C. tabouret. — E. table. — F. tabouret. — g. tabouret. — H. tabouret. — J. tabouret. — K. coussin. — L. table. — D. tabouret. — Au lever du rideau, on est à table. — 1°. Sur le banc A les fils Aymond en ligne face au public. 2° sur le tabouret B. Dulcinée devant la table E. — 3° sur le siége C. Don Quichotte. — 4° sur le siége D. Rosamonde. 5° sur le siége F. Martel. — 6° sur le siége g. Sifroy. — 7° sur le siége H Armide. — 8° debout au dessus d'Armide, Narcisse. — 9° sur le siége J Bradamante. — 10° sur les coussins K Saladin fumant, les valets debout derrière Sifroy.

Scène I.

4 valets

Martel   Sifroy   Narcisse

Don Quichotte   Rosamonde   Armide

Dulcinée   Bradamante

les 4 fils   Saladin

Chœur.

Armide se lève pour dire « Je bois à Rosamonde » et se rassied après avoir dit : « Jusqu'au moment du punch au rhum ! » Rosamonde chante son couplet debout en descendant un peu en scène. — Bradamante se lève pour chanter : « A la santé d'Armide ! » — Sur la phrase « le plus hardi des paladins ! » les 3 femmes choquent leurs coupes, puis remontent à leurs places pour la reprise du chœur « chantez, cocodettes ! » — Sur les mots « ça me permet de vous embrasser », Sifroy se lève et embrasse Armide, Renaud de Montauban et les 3 frères se lèvent du banc A, sur lequel ils sont à cheval par rang de taille ; sur une ligne droite, ils traversent devant la rampe et furieux, Renaud dit : « Broun de l'air ! », tout le monde se lève excepté Don Quichotte ; Sifroy fait le tour de la table, passe derrière Armide et vient au-devant des 4 fils pour dire : « ça me va ! j'ai mon casque au vestiaire. » On enlève les tables, les 4 valets rangent les sièges cour et jardin ; puis ils se rangent sur une ligne.

Rosamonde   Martel

Narcisse

les 4 fils   Sifroy   Armide

Don Quichotte   Bradamante

Dulcinée   Saladin

En disant : « M^{rs}, la paix ! » Martel se place entre Renaud et Sifroy. Sur les mots « vous en êtes un autre », Don Quichotte, se levant furieux, une bouteille à la main, descend en scène pour dire : « Je ne le souffrirai pas ! » ; il remue son armure. Sur les mots « cette bouteille est pleine…. et ça tache », les personnages remontent en formant divers groupes. Martel descend près de Saladin qui se lève de dessus ses coussins pour dire : « Rosamonde, veux-tu mon mouchoir ? »

Dulcinée   Armide   Narcisse

les 4 fils   Don Quichotte   Bradamante   Rosamonde

Sifroy   Martel

Saladin

Saladin et Rosamonde prennent le milieu pour dire : « Si tou veux, zou te mettrai de moitié dans mon zeu. » Sur la phrase « Eh bien ! elle est mauvaise ! » Rosamonde remonte, Saladin tourne sur lui-même vers la gauche et va offrir son mouchoir à Bradamante, qui bouscule Saladin et, aidé par tout le monde, le fait passer vers la gauche, où il tombe sur le siège de Don Quichotte. Sur les mots « Assez, le turc ! »

Don Quichotte

les 4 fils   Saladin

Martel   Bradamante   Dulcinée

Armide   Rosamonde

Sifroy   Narcisse

Sur les mots « En avant la ronde des infidèles », tout le monde descend en scène, Saladin se lève, les valets rangent le siège et les coussins.

Les 4 fils

Don Quichotte   Saladin

Dulcinée   Martel   Armide   Sifroy   Rosamonde   Bradamante

Narcisse

Ronde.

Après le 1er couplet, Isoline arrive de gauche 4 pour dire : « à moi le dernier couplet »
tous s'écartent.

Scène II.

Isoline

Sifroy   Martel

Les autres personnages conservent les mêmes positions jusqu'à la sortie des dames
qui sortent par la gauche. Sur les mots « Je suis une femme de la haute, moi ! »

Les 4 fils   Saladin Don Quichotte   Sifroy   Isoline   Martel Narcisse.

Sur les mots « Alors, je ne vous quitte plus », Isoline remonte vers la gauche et
sort en disant : « A bientôt ! », tous sont remontés ; on ne redescend que sur les
mots « Oui, mais que cet incident n'interrompe pas notre fête ». Entrée de
droite des chevaliers et des seigneurs. Martel va au-devant d'eux et tout le monde
se placent à droite et à gauche sur les sièges, les chevaliers et seigneurs garnissent le fond, les valets sur le praticable 1 pour faire entrer la fanfare ; les
musiciens se tiennent debout ; les 4 valets devant l'estrade, les 4 fils sur
leur banc.

Scène III.

Hommes d'armes   Seigneurs
basses   ténors

Fanfare
valets
les 4 fils
Martel   Saladin
Sifroy   Don Quichotte

Tyrolienne.

Les chanteurs tyroliens arrivent de gauche fond, puis ils sortent par la droite
après leurs chants.

Divertissement. — Pas de Bohémiens.

A la fin du Divertissement, les Bohémiens sortent par la gauche fond, on entend
sonner minuit ; Martel sort par le fond droite. Les pas de dansent sur les motifs

precipité du ballet.

Farandole. — Chœur général.

Entrent de fond gauche Isoline en folie, puis 4 1res dessus en folie, elles chantent le motif « Ohé du canot » au milieu de la scène, puis se rangent à droite au dessous de Saladin ; même jeu de scène pour chaque nouveau groupe, qui entre presque en même temps de droite et de gauche. Bradamante, en canotière bleue ; entrent de droite 4 2es dessous ; entrent de gauche 4 1es dessous en bacchantes ; entrent de droite 4 2es dessous en canotières rouges ; entrent de gauche Dulcinée en Sirène en 4 1res dessous ; — entrent de gauche les tyroliens ; ils se placent à droite avant-scène ; — entrent de droite Martel, Armide, Rosamonde en sapeur, puis 2 1res dessus en sapeurs ; 4 tambours enfants. Martel en tambour-major, Martel s'arrête au milieu du théâtre, les sapeurs continuent leur marche jusqu'à l'avant-scène, cour et jardin. La marche commence, tous les personnages y prennent part, Sifroy donne la main à Isoline lorsque celle-ci passe devant lui à la tête du cortège.

<table>
<tr><td>4 canotières bleues</td><td>4 bacchantes</td><td>4 canotières rouges</td></tr>
<tr><td>Bradamante Saladin</td><td>Don Quichotte</td><td>Renaud</td></tr>
<tr><td>4 folies</td><td></td><td>les 3 fils</td></tr>
<tr><td>Isoline Sifroy</td><td>4 tambours</td><td>4 Sirènes</td></tr>
<tr><td></td><td>Martel</td><td>Narcisse</td></tr>
<tr><td>Un sapeur et Armide</td><td></td><td>les tyroliens</td></tr>
<tr><td></td><td></td><td>Rosamonde et un sapeur</td></tr>
</table>

La marche deux par deux, dans l'ordre de l'entrée, lentement d'abord, puis plus précipitée jusqu'à la danse générale : — les sapeurs quittent les avants-scène en se mêlent aux danseurs, les 4 tambours se rangent sur l'estrade devant la fanfare, les valets remontent au fond, les hommes d'armes et les seigneurs se mêlent aux danses de la farandole. Martel danse avec Armide. Après la danse, cris : « Vive Charles Martel ! » — Sur la réplique « comme je m'amuse ! » coup de tam-tam ; tout le monde remonte, le milieu est libre pour l'entrée de Drogan. Narcisse remonte à gauche au coup de tam-tam, et redescend à la droite de Sifroy pour dire : « Prince, un jeune homme ! ». Narcisse remonte pour faire entrer Drogan après les mots « Qu'on l'introduise ! » ; puis il reste au dessus à droite.

Scène XIII.

<table>
<tr><td></td><td colspan="2">Les chevaliers</td><td></td></tr>
<tr><td>Fanfare</td><td>Les sirènes</td><td>Les canotières</td><td>Sapeurs</td></tr>
<tr><td>Les tambours les 4 fils</td><td></td><td></td><td>Bacchantes</td></tr>
<tr><td></td><td>Martel Rosamonde</td><td></td><td>Narcisse</td></tr>
<tr><td>Bradamante Saladin</td><td>Sifroy Drogan Isoline</td><td>Don Quichotte</td><td>Armide</td></tr>
</table>

Couplets.

Après les couplets de Drogan, Martel descend à la droite de Sifroy pour lui serrer la main et lui dire : « Ah ! mon ami ». — Sur les mots « Vous serez des nôtres », Drogan remonte et passe à droite. Isoline se rapproche de Sifroy pour dire : « Je ne puis ». Sur la réplique « Son mari ! », Sifroy remonte en riant aux éclats, puis il redescend pour dire : « que la fête continue ! ». Reprise du chœur et de la danse, à laquelle Drogan prend part.

Acte 3ᵉᵐᵉ.

Huitième tableau.

La Caverne de la Forêt.

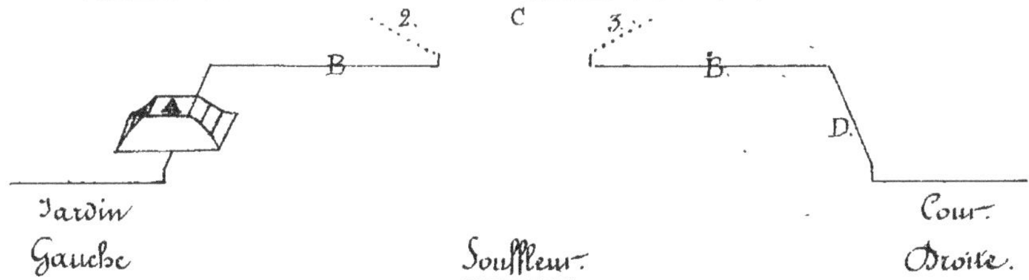

1. entrée de la caverne de Geneviève, on y arrive par 3 marches recouvertes d'un tapis de rocher. — 2. allée se perdant au lointain jardin. — 3. coulisse se perdant dans le lointain cour. — A. chassis de rocher à tablier masquant le trône de face et de côté pan coupé. B. forme de rocher en forme de voute. — C. fond de forêt. — D. ferme de forêt en panorama masquant 2 plans du palais côté cour.

Scène I.

Au lever du rideau, Geneviève est assise à gauche sur les marches de la caverne, la biche couchée à ses pieds ; on entend au loin des coups de feu, Brigitte arrive de droite fond un paquet de feuillage dans les bras.

Brigitte Geneviève

Sur les mots « Allons ! Mᵐᵉ, à la besogne ! » Brigitte entre les feuillages dans la caverne où vient de disparaître la biche. Geneviève descend pour chanter ses couplets à l'avant-scène droite. Après le 1ᵉʳ couplet, Brigitte entre pour l'ensemble.

Brigitte Geneviève

Brigitte remonte à gauche, quand elle dit : « si elle nous quittait », elle redescend pour dire : « C'est lui, c'est Drogan ! » Geneviève passe à gauche, Drogan

Scène II.

Geneviève   Diogan   Brigitte

Sur les mots « la chasse vient de ce côté, cachez-vous », Brigitte et Geneviève sortent par la caverne, entrent de gauche fond 3. gardes-chasse

Quatuor.

Les 4 personnages se placent à l'avant-scène milieu, sur une seule ligne et remontent après le quatuor se ranger à droite pour démasquer l'entrée de Golo, Vanderprout et Peterpip.

Peterpip   Vanderprout   Golo   gardes-chasse

Sur les mots « ma culotte est déchirée, mauvaise ouverture ! » un garde descend à la gauche de Golo pour dire : « C'est touchant » Golo remonte à droite fond. — Sur les mots « Allons-y », Vanderprout remonte avec Peterpip. Golo les retient et sort à droite suivi des gardes-chasse. — Sur les mots « Venez, Mrs, venez », Diogan entre dans la caverne de Geneviève.

Scène III.

« C'est le mot, plaçons-nous là ! » ils vont se mettre à l'affût dans la coulisse de droite, entrent de gauche sur la ritournelle des couplets Sifroy. Martel. Martel entre le 1er suivi de Sifroy.

Scène IV.

Peterpip   Vanderprout

Sifroy   Martel

Couplets.

Sifroy remonte pour dire : « Hé ! camarade ! » Vanderprout sans se retourner « Taisez-vous donc, imbécile ! » Sifroy descend près de Martel pour lui dire : « vous voyez rien de préparé », puis il remonte pour dire : « Mon ami, voulez-vous m'indiquer » Vanderprout descend en disant : « mais il est embêtant ! » Peterpip descend à droite, en passant derrière Vanderprout pour dire : « il a fait filer le lapin . »

Martel
Sifroy
Vanderprout
Peterpip

En disant : « Je vais vous faire empoigner », Vanderprout sort vite vers la gauche fond pour dire : « *par ici !* », entrent sur la marche de l'orchestre les 2 hommes d'armes, l'arme en sous-officier.

Scène VI.

Martel   Siftoy   Grabuge   Pitou   Vanderprout Peterpip

Sur la réplique « *au poste !* » Martel furieux veut s'élancer sur les hommes d'armes, Siftoy le retient. — Sur les mots « *personne pour me reconnaître* » Geneviève paraît sur les marches, suivie de Brigitte et de Drogan. Siftoy recule épouvanté vers la droite.

Scène VII.

Brigitte
Geneviève   Grabuge Pitou
Drogan   Siftoy   Vanderprout
Martel   Peterpip

Sur la réplique « *Allez !* », Drogan pousse Geneviève vers Siftoy, Brigitte passe derrière tous les personnages et se place à la gauche de Siftoy.

Drogan   Geneviève Siftoy   Brigitte
                                          Vanderprout
Martel   Peterpip

Brigitte remonte après les mots « *mal vêtue, mais bien vivante !* », passe derrière Siftoy et va au N° 5 à la gauche de Drogan, — « *Oui, c'est ça une preuve !* » Martel passe 3, les hommes d'armes descendent à gauche. Drogan passe devant Brigitte à la droite de Geneviève.

Grabuge Pitou

Martel Drogan Brigitte Geneviève Siftoy
                                          Vanderprout Peterpip

Sur les mots « *J'ai mon idée* », Vanderprout remonte avec Peterpip, ils sortent par la droite fond. — Sur les mots « *tu verras à Curaçao !* » tout le monde remonte. — Siftoy, Geneviève et Brigitte sortent par la droite fond, suivis de Drogan et de Charles-Martel. — Les deux hommes d'armes ferment la marche en se disputant. — Scène vide un moment (changement).

Neuvième tableau.
La Salle du trône.

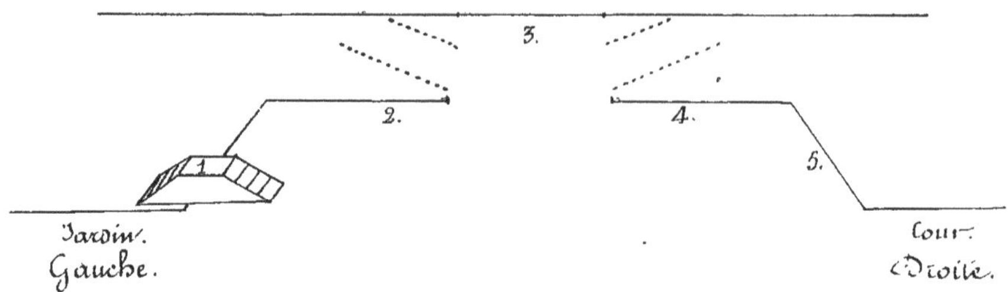

1. trône praticable dans la coulisse et au théâtre par 4 marches. — La toile de rocher du 8ᵉ tableau masquait le praticable. — 2. chassis ouvert sur une galerie, se perdant dans le lointain jardin. — 3. fond de palais. On voit au lointain la ville de Curaçao. — 4. chassis ouvrant sur la galerie de droite, se perdant dans le lointain cour. — 5. ferme tablier en panorama formant une suite de colonnades.

Scène I.

Sur la fin de la ritournelle, entrent du fond de gauche 4 hallebardiers basses, — puis les bourgeois, bourgeoises. Golo entre ayant le manteau ducal. — Vanderprout, les échevins, portant la toque, les chevaliers, le peuple et tous les chœurs viennent se ranger à droite et à gauche. Le milieu reste libre.

    4 chevaliers   4 archers

   échevins   les basses   2ᵈˢ ténors

                               1ˢ ténors

                                 bourgeois

                                 bourgeoises

                            1ᵉˢ et 2ᵈˢ dessus

Vanderprout et Golo font le tour du théâtre de droite à gauche. La toque est tenue par Vanderprout au dessus de la tête de Golo ; ils montent ainsi les marches du trône où Vanderprout dit : « Deux heures ¾ pour la ½, ma foi ! tant pis ! »

      échevins   chevaliers   Archers

   Vanderprout

                                   peuple

  Golo

Sur la réplique « Personne ne dit mot », Siffroy paraît sur le trône arrivant par la coulisse, Vanderprout le reconnaît, lui met la toque sur la tête, Golo descend épouvanté, à reculons devant Siffroy. — mouvement de surprise générale. Golo dit : « C'est un imposteur ! », coup de tam-tam, Drogan paraît en ermite de gauche fond les chevaliers se rangent pour lui faire place ; il prend le milieu du théâtre pour dire : « l'imposteur, le voici ! » — « Voyez plutôt, vous autres », il fait un geste vers le trône, la draperie se soulève et les victimes de Golo paraissent s'avançant lentement. Golo se courbe.

Scène II.
Complainte.
1er Couplet.

Sur la phrase « en commençant par Drogan », il retire sa robe d'ermite et passe à la gauche de Golo qui remonte et rencontre Geneviève, qui arrive jusqu'au milieu du théâtre, soutenue à sa droite par Brigitte ; après le motif dit par Geneviève et Brigitte « tremble ! » les deux femmes remontent à gauche sur le trône. Grabuge, Pitou s'avancent à leur tour pour mettre la main sur Golo qui cherche à fuir le cortège de ses victimes, terminé par Isoline masquée, elle se démasque quand elle dit : « Monstre, me reconnais-tu ! »

Scène III.
Chœur final.

Sur l'attaque des 1res mesures, paraissent venant du fond droite, les demoiselles d'honneur, les porte-bannières, Charles-Martel dans son grand costume, Narcisse les 4 fils Aymon, don Quichotte et 8 chevaliers fermant la marche de ce cortège.

Martel et les paladins viennent s'incliner avec leurs lances devant le trône.

Drogan monte les degrés, Sifroy ôte son collier qu'il lui passe au cou ; il l'embrasse et le fait monter à sa droite, Geneviève à sa gauche ; les dames d'honneur se placent à la droite du trône, Martel reste au milieu du théâtre, dominant le tableau, les bannières s'agitant.

Ne pas s'en rapporter entièrement aux indications de la brochure-livret qui sont quelquefois inexactes.

H. Férénoux
le régisseur général des Menus-Plaisirs.